KB269204

별의 노래4

별의 노래 4

김정훈 시집

좋은땅

곁에 둔 세상의

또 다른 표현

시의 갤러리를 여는 데

마음의 성원을 보내 주신

모든 분들에게 감사드립니다

2025년 3월

김정훈

차례

별의 노래 … 10

밤하늘 … 11

무우과자 … 12

그리움 … 13

오늘이 물든다 … 14

탄생 … 15

예악(禮樂) … 16

인의예지(仁義禮智) … 17

현실과 실존이 하나 된 존재 … 18

'바'의 어원을 바라보며 … 19

아이러니 … 21

변증법 … 22

이념 … 23

미의위계 … 25

보완관계 … 26

거문고 … 27

건국신화 … 28

자하동(紫霞洞) … 29

거문고 2 … 30

두 가지 맑은 눈동자 주체성 … 31

주관성 … 32

색즉시공 … 33

아름답다 … 34

조선은 왜 백자인가 … 35

길었던 겨울비 끝에 눈이 내렸다 … 36

문학적인 노랫말의 미 … 37

가을비 내리는 오후 … 38

시가이 버스터미널 … 39

질서를 생각한다 … 40

백제 … 41

느림의 미학 … 42

외모 3 … 43

시는 어떻게 일상이 될 수 있나 … 45

광화문 … 46

언어는 추상적이다 … 47

멜로디(melody) … 48

문학 … 49

역사인식 … 50

한국의 미 … 51

관계의 철학 '서로' … 52

자전거 … 53

노벨문학상 소식을 접하며 … 54

겨울바다 … 55

한글의 향기 2 … 56

꽃나무 … 57

때론 조금 흐리게 바라본다 … 58

옛날 … 59

깨끗함과 단정함의 가치 … 60

먼 옛날의 해후 … 61

현상과 인식 그리고 논리 … 62

미학적 인식과 태도 그리고 필요조건 … 63

집 … 65

모두가 성장의 시간이다 … 66

책 … 67

실존 … 68

전통 … 69

향가의 향기 2 … 70

역설적 행로 … 71

정의 … 72

순진한 권위 … 73

파도소리 … 74

나이 … 75

선의 맑은 격조 … 76

추석 … 77

'ㄹ'의 발견 … 78

시간을 품은 달빛추상 … 80

실감하지 못한다 … 81

시월의 어느 날 … 82

고람태 … 83

나라의 깃발 … 84

민요 2 … 85

동지를 앞두고 … 86

선과 사랑 … 87

어린 시절 고향 … 89

별의 노래

별의 노래

희미하게 빛나는

별의 노래

바람의 선율 따라

희미한 설렘 만들고

맑은 열정의 꽃

피웠던

밤의 노래로

찾아와

희미한 꽃을 피운다

밤하늘

어둠이 내려 앉으며

우주가 열린다

검정도화지 위에

시간이 그린 동화

밤하늘에 그린

자연의 섭리

인간… 별에서 온 존재

시간을 본다

존재와 진보에 대한 물음

사랑과 용기를

본다

무우과자

아침 잘라 놓은

청무우 아삭거리는 소리

소박한 맛

옛 사람들의 맛과 소리다

없는 듯 소박한 단맛

옅게 배어 있고

아삭거리는 소리를 따라

마음은 즐겁다

소박함에서

찾을 수 있는 의미는

어떤 것일까

소박함은

생각을 방해하지 않는 맛과 소리다

옛 선인들이 소박함을 찾은

이유일 것이다

그리움

13

반짝이는 바닷빛

무더운 바람이 가져오는 시원함은

어느 기억으로 나를 초대하고

낯설었던 갯내음의 정서와 바람

여백 따라 흐르는 갈매기 소리

반짝이는 바닷빛과 이곳의 바람을 만났다

맑고 선명했던 시간의 초상

파도의 선율이 만드는 세상을 만났다

오늘이 물든다

수평선 아래 황금물결

들녘은 물들고

하늘은 흐리게 운치 있어

대지의 흙을 더욱 짙게 물들인다

이곳 바닷가 마을의 계절은

지나 온 시간의 의미를 품어

오늘이 물든다

새롭게 만난 의미와 해석

시간은 물들고

국문학의 조건은 스스로를 시험하며

미를 이룬다

탄생

문장은 예술이다
조각이 되고 그려지고
음악이 된다
문학과 예술은
세상과 관념을 표현한다
의미와 표현은
어떻게 탄생하는가
현실과 실존이
하나 된 존재로의 탄생과
언어조건

예악(禮樂)

예(禮)는 도(道)가 되고 법이다

어떤 길인가

선의 길이다

선이란 무엇인가

선은 가치와 질서를 만들고

아름다움과 사랑으로 나타나

락(樂)은 아름다움이다

선 존재 표현에서 비롯하는

아름다움에서 락(樂)이 나온다

예와 악(樂)은 하나로 통한다

인의예지(仁義禮智)

인(仁)은 어질 량(良)과 구별된다

사랑의 의미를 담는다

선과 지혜를 바탕으로 한다

존재(시 '존재')로부터 인(仁)이 나온다

의(義)는 거짓되지 않으려는 태도인

선에서 비롯한다

용기가 따른다 강함이다

예(禮)는 도(道)다 법이 된다

지(智)는 존재론적 사고와 진리를 추구함이다

선과 함께

아름다움과 사랑의 바탕이 된다

신(信)은 믿음이다 선에서 비롯한다

인의예지신(仁義禮智信)은 선과 사랑으로 통한다

아름다움이다

현실과 실존이 하나 된 존재

우리의 일상과 현실의 공간

문학을 만나

문장으로 전환되고

평범해 보이는 일상도

곳곳에 담긴 관념들

아름다움 사랑의 조각들을 발견한다

현실과 실존이

하나 된 존재와 삶에서

이러한 것은 발견되고

정리된 의미로 질서를 갖는다

'바'의 어원을 바라보며

'바'의 어원을 바라보며 생각한다

바다 바람 발 밥 방

우리 곁에 있는 우리말들이다

어떻게 비롯되었을까

옛 선인들의 존재와 어원의 조건을

따라가 본다

바라보는 대상에 대한 관념과 철학적 사고

미학적 인식을

바라보다에 담았다

많은 것을 바라보는 바다

시원함을 바라보는 바람

현실과 실존을 바라보는 발

건강과 사랑을 바라보는 밥과 방

이러한 해석은 시간을 거슬러 올라 간 우리

상투머리를 튼 어느 선비학자를 그려 본다

신성한 사명 속에 핀 사랑

인간 존재의 물음을

역사와 존재에 대한 물음을

질서와 진보에 대한 물음을

미학적 인식과 사고에 대한 물음을 바라본다

아이러니

우리는 옛 선인들을 만나기 어렵습니다
실존의 강을 건너야 하기 때문입니다
시간의 모순이 가로막습니다
전통의 유산을 곁에 두고 있지만
한국의 미를 만나기 어렵습니다
한국의 미를 말하기 어렵습니다

변증법

현실과 실존의 화해

자유의 양면성이 낳은

평등과 불평등의 화해

자본주의 시간과 사회주의 시간의 화해

역설과 아이러니에 담긴

정반합의 논리는

가치관의 확장과 전망이라는

미래를 낳았다

이념

자유와 평등에 대한

철학적 사고는

이데올로기를 낳았다

인간의 존엄성과 평등의 근본

자유

그러한 자유가 불평등을 낳고

이데올로기를 낳았다

자유의 양면성

사회주의는 경쟁의 가치를 잃게 되었고

자본주의는 민주주의 성숙을 조건으로

공정한 불평등은 평등이 되었다

평등한 사회는

민주주의의 성숙을 조건으로 한다

공정한 불평등은

민주주의의 성숙을 조건으로 하기 때문이다

공정한 시간 소유는

가치와 만나 삶의 공평함으로 작용하고

새로운 사회전망을 말한다

미의위계

말은 문학이 되고

예술이 된다

대화와 말로도

공간미학을 이룬다

그 사회의 말과 대화는

그 사회의 미를 말한다

거리의 분위기 있는 카페가

공간의 대화와 말로서 아름다울 수 있다

그렇지 않다면

그저 분위기 있는 카페로 남을 뿐이다

보완관계

전인교육과 전문성은 보완관계다

전인교육은 어떠한 것인가

선의 윤리와 존재…

존재론적 사고와 상상력이

열려 있는 교육이라 한다면

고도로 복잡화되고 전문화된 사회에서

개인은 공정한 시간 소유에 따라

현실과 실존의 조화를

이루어야 한다

전인교육의 울타리 밖 사람들의

변화는

사회변화와 전망을 이야기 하고

큰 화합의 질서를

생각하게 한다

거문고

현실과 실존이 하나 된 존재

여섯 줄로 타는

둔탁하고 맑은

선의 소리

예와 낭만의 선율 되어

전통의 정체성과 화해하는

미래를 노래한다

건국신화

신화일까 역사일까

설화와도 같은 신비로운 이야기

그 신성함은

어디에서 비롯하는가

신화 속 가려진 우리의 역사

옛 선인들은 무엇을 남기고자 했나

비유에 가려진 역사…

그 속에 더 큰 우리의 역사가 있다

자하동(紫霞洞)

자하동(紫霞洞)이 자리하는 북녘의 개성에서

국호 '조선'의 흔적을 찾는다

자주성이 부각되었던 때

고구려와 유학이 결합하여

국호 '조선'을 낳았다

고구려는 부여에서 비롯하였고

단국고조선을 뿌리라 여겼다

삼국유사의 존재와 의미…

조선…

스스로를 비우는

고요한 새벽의 선명함

명경지수와 같아

선명한 아침의 기운과 기상 앞에

관념과 세상을 마주한다

거문고 2

이른 아침 옅은 하늘
짙은 산등성이 위 둥근 달빛
시간이 만난 아름다움은
여섯 줄
선의 노래
은빛 달의 노래

두 가지 맑은 눈동자 주체성

선이란 무엇인가

가치란 무엇인가

주체성의 조건 선과 존재

시간의 리듬 속

대상과 현상에 대한 해석과 판단이

이루는 맑은 눈동자

주체성의 조건 선과 존재는

또 하나의 히말라야 소녀의 맑은 눈동자

주관성

대상에 대한 이해에서
세상과 언어의 부분성과 추상성은
주관이 객관을 더욱 객관이게 한다
주체성과 실존이 만난 새로운 해석은
존재에 다가가는 객관

미학적 인식과 태도에서 비롯하는
해석의 표정
운문과 친숙해진다는 것은
어떤 것일까

색즉시공

감각적인 것의 부분성

언어의 부분성과 추상성

선의 윤리와 가치에서

색즉시공 공즉시색

현실가치로 입은

형태는 선 가치 존재론적 의미에서

공일 수 있고

공은 색이 될 수 있다

아름답다

아는 것을 아름답다고 한다
소중한 유산을
후손들은 물려받았다

아는 것을 아름답다고 한다
아름다운 것을 사랑이라 했다
아름다움과 사랑은 닮은 꼴…

조선은 왜 백자인가

조선은 왜 백자로 바뀌었는가

그것은 소박함의 의미에서 찾아야 할 것이다

백자에서 찾을 수 있는 가치와 미는 무엇인가

국호 '조선'의 의미와 선비정신에서

그 이유를 발견할 수 있다

국호 '조선'은 어떤 의미를 담고 있나

선비정신이란 무엇인가

선명한 정신과 스스로를 낮추고자 했던

소박함은 선의 윤리와

존재론적 사고의 선명함

그 선명함에서 조선의 국호가 비롯되었다

길었던 겨울비 끝에 눈이 내렸다

겨울의 끝자락

길었던 겨울비 끝에 눈이 내렸다

눈은 온통 세상을 새롭게 바꾸어 놓는다

새로운 세상을 만나는 눈

눈이 온다

시각적인 것의 부분성이란

옛 선인들의 철학적 사고의 눈은

어떤 세상을 꿈꾸게 했을까

눈의 어원은 이렇게 비롯하지 않았을까

소리의 장단으로 구분되었다

문학적인 노랫말의 미

음악이 이루는 극적무대가

문학을 만난 유추의 상상

노랫말이 만드는 미란

소리와 어울리는

언어미학

노랫말의 미학이 음악을 만날 때

극적무대는 대중예술의 미학으로 남아

미학적 여운을 남기고

무대에 선 자신을 바라보게 한다

과거와 현재가 공존한다

가을비 내리는 오후

어슴푸레한 오후의 흐릿한 빛에 실려

가을비가 내린다

빗소리에 젖어 든 세상은

고요한 아이들의 노는 모습

자연의 소리만 남아

이곳의 시간을

자연으로 돌려 놓는다

가을비 소리를 포근히 안은 능이종이 아이들

고요한 움직임이 편안하다

시가이 버스터미널

시가이 버스터미널데스
버스 안에서 울려 오는
이웃나라 말
우리와 닮아 있어
착각인가
아득한 역사의 시간이
만든 흔적일까
시가이…
시 가장자리
데스…
되었습니다
버스 안에서 울려 온
이웃나라 말
우리말 하고 있는 듯 해
웃음 짓게 해

질서를 생각한다

의식의 질서를 생각한다

선 가치 세계관 큰 질서 속에

실존의 조건, 미학, 전문성으로 채워지는

논리적 질서 의식구조는

개인과 사회의 전망과 질서가 되어

관계의 질서를 생각한다

인류의 발자취

우주적 사고와 질서는 현실의 해석을

보다 진보적인 것으로 나아가게 했다

백제

고구려에서 온 고구려인들

국호를 '백제'라 하였다

고구려의 자주의식을 국호에 담았다

고죽국의 왕자들 백이와 숙제

이들을 통해 고조선의 후예들은

한나라에 대한 태도를 분명히 했다

느림의 미학

42

역동성의 미에 대조하는 여백의 미
예와 문학이 결합한 느림이 만드는 미학
느림은 사고의 문장을 만들고
사고의 의미와 깊이에 다가가는 미학
느림의 미학은 한국의 미가 되어
선의 격조로 다가온다

외모 3

우리의 삶은 왜 의미를

찾는 것이어야 하는가

현상과 언어의 부분성과 추상성

그리고 실존

고도로 전문화된 사회

우리는 중·고교시절까지 접하게 되는

간략화 부분화된 총체성에서

저마다 전문성의 길을 걷는다

현대인들의 의식구조는 이렇게 형성되어

대상과 관념, 현상에 대한 의미해석에서

불균형과 마주한다

가치의 작용으로 불균형을 확대한다

감각적인 것의 부분성과

언어의 부분성 그리고 추상성이

그러한 불균형에 관계한다

주체성과 실존은

이러한 불균형의 인식과 극복노력

시는 어떻게 일상이 될 수 있나

시는 해석의 표정

시는 특별하지 않다

또 다른 문장의 형식과 만나는

또 다른 일상의 언어

하루의 일상에서 만나는

사고의 기록 시간의 서정

시적수사학 또 다른 형식 추상으로

미를 만난다

광화문

빛나는 화합

자주의식이 전망에 대한 신념으로

자라나고 있었을 때

새 나라를 열며

첫 발을 빛나는 화합에 두었다

빛나는 화합은 어떤 것인가

전환기

어떤 시간인가

발전적 변화가 따르는 시간일 것이다

개인과 사회에서 발전적 변화는

전망으로 나아가는 과정

질서와 주체적으로 화합하는 길

전망으로 나아가는 의식구조의 변화는

미의위계가 가지는 의미

언어는 추상적이다

존재와 언어

언어의 부분성은 대상과 관념을

추상적인 것으로 만들었다

개념은 추상적이고 정의는 부분적이다

존재란 무엇인가

선이란 무엇인가

존재론적 사고의 이유로 나타나

관계지음으로 대상과 관념은

구체화 객관화한다

해석의 이유와 해석력의 의미로 작용한다

생략되고 압축된 시의 언어

추상적 개념을 상기시키며

상상으로 작용하고

감각적 이미지의 표현을 만든다

멜로디(melody)

창밖 파란 하늘에
시간을 만들었다
창밖 파란 하늘에
걸린 다섯 줄
시간의 노래가 걸린다
오선에 걸린 순진한 권위
시와 노래가 이끄는
존재와 시간

문학

문학은 언어미학

언어로 표현된 미의 원리

언어의 추상성과 부분성으로

언어와 역사 철학은 밀접하게 결합되었다

언어의 조건으로 작용하여

의미와 미의위계가 되었다

부분성과 추상성 개연성은

미학적 사고와 상상 그리고

표현으로 이어져

문학으로 만난다

역사인식

역사란 무엇인가

물질적인 것과 관념적인

모든 것에 대한 해석의

과거 경험치

올바른 역사인식은 어떤 것인가

개인과 사회의 전망으로 작용하는

정체성과 방향성을 갖는다는 의미일 것이다

진보란 무엇인가

어디에서 비롯하는가

올바른 역사인식은

공정한 역사인식을 바탕으로 한다

한국의 미

한국의 미(美)

어디에서 비롯하는가

전통이란 무엇인가

옛 선인들은 어떤 사람들인가

그 존재의 본질에 다가갈 때

한국의 미는 발견될 수 있다

선의 맑은 격조

철학적 삶을 추구한 사람들

시간의 모순에 가려져

우리가 잊고 있는 사실들

선의 윤리와 철학적 삶은

언어조건과 만나

한국의 미(美)를 만들었다

관계의 철학 '서로'

우리말 '서로'에는 관계의 철학이 담겨 있다

옛 선인들은 '서로'를 통해

개인적으로 사회적으로 어떤 관계를

생각했을까

스스로 혹은 관계에서

바르게 선다는 것은 어떤 것인가

'인(仁)'의 관계

'의(義)'의 관계

'예(禮)'의 관계

'지(智)'의 관계

'신(信)'의 관계로 서다

선과 사랑으로 선다는 의미일 것이다

사회적 모순에 흐려진

관계의 철학 '서로'에는

사랑과 정의의 의미가 담겨 있다

자전거

그리움이 달린다

어린시절을 달린다

지금과는 다른 세상을 달린다

균형감각

지나 온 시간과

지금의 시간 그리고 앞으로의 시간이

만드는 균형감각

노벨문학상 소식을 접하며

지나 온 역사의 시간과 마주하며
솟아 오르는 기쁨
미학의 승리
문학이란 무엇인가
문장이 만드는 예술이란 무엇인가
그 아름다움은 어디에서 비롯하는가
개인과 사회에 어떤 전망을 낳는가
미학적 승리는
우리의 미래를 상징적으로 말하며
지나 온 시간들의 역사적 의미와
사건이 되어 서로를 바라보는
기쁨과 환희로 가득하다

겨울바다

매서운 칼바람에 피어오르는

장엄함과 숭고함

거세게 출렁이는 동해의 시간

선명하게 빛나는 시간의 물결

위대한 자연의 연출 앞에 선

고요한 응시

한글의 향기 2

한글을 보면 향기롭다

문명의 바다 위에 핀 자주성의 꽃

치열한 사고와 소망이 피운 여린 꽃

모순 속에 자라나 여린 설레임은

그 본래의 강인함을 피웠다

수천 년 가려졌던 우리말

거대한 언어의 바다 앞에 선

치열했던 옛 지성들의 향기

꽃나무

단색의 앙상했던 나뭇가지

내려 앉은 색과 형상의 조화는

이야기를 입었습니다

시간의 의미에 채색되어 정열을 피웁니다

미소를 띠웁니다

웃음 짓습니다

나무는 고운 빛의 역설을 키웠습니다

고운 빛은 나무의 강인함을 가리고

꽃을 피웁니다

사랑을 피웁니다

표현이 선과 만나

실존의 존재 시적형식이 되었습니다

때론 조금 흐리게 바라본다

현실에서 우리가 보고 듣는

선명한 대부분은

아이러니 하게도

흐린 경우가 많다

현실이 갖는 미의위계란

우리가 바라보고 감각하는 대상과

이해란 어떤 것인가

때론 조금 흐리게 바라본다

옛날

‘예(禮)’란 무엇인가

선의 길이다

도(道)가 되고 법이 된다

옛날은 예가 통했던 때를 말한다

예쁘다는 예가 깃든

미를 의미할 것이다

선의 맑은 격조가 깃든 미를 말함이다

아니다는 무엇인가

예를 아느냐고 되묻는 일이니

예가 아니다는 의미일 것이다

이렇게 예 아니오의 어원이 되었을 것이다

깨끗함과 단정함의 가치

맑은 선의 격조와 미의식은

사고와 관계하는

삶의 태도 자유의 절제

국호 '고조선'의 의미와 전통시기

상투머리와 머리땋기는

그러한 가치에서 비롯되었다

깨끗함과 단정함의 가치에서 소박함이

자랐다

먼 옛날의 해후

낙랑이 떠나고

되찾은 고조선의 영광

그 영광을 안고 떠난 이들

역사의 시간이 만든

언어와 전통의 시차

우리의 옛 모습을 바라보며

눈가에 맺히는 눈물은

먼 옛날의 해후

한일트롯무대에서

이렇게 기록을 만날 줄 몰랐다

현상과 인식 그리고 논리

현상이란 무엇인가

어떻게 인식하고 해석할 것인가

상황이 작용하고

관계와 의식구조가 작용한다

이해관계와 감정이 작용한다

전문성이 작용하고

환경이 작용한다

논리적이기도 하지만

우연 또한 작용한다

잘못된 이해와 오해에서 비롯되기도 한다

어떻게 인식하고 해석할 것인가

객관성과 해석의 문제에서

의미, 가치, 미의위계가 고려된다

현실의 가치와 실존의 가치의

대립과 조화에서

미학적 인식과 태도 그리고 필요조건

락(樂)이 아름다움에서 비롯한다

삶의 건조한 긴장과의 화해 락(樂)

미학적 인식과 태도

누구나 이 어려운 과제를 마주한다

아름다움이란 무엇인가

종교적 숭고함에서 비롯하는 아름다움

선에서 비롯하는 아름다움

존재(의미)에서 찾는 아름다움

표현에서 오는 아름다움

의미란 무엇인가

표현과 예술성은 어디에서 비롯하는가

표현에서 오는 감각적 미의식을 넘어

미학적 인식이 이루어지는 의식구조를

요구한다

누구나 현실의 삶에서 이러한 어려운 과제를

마주해야 한다

집

사랑을 짓는다

그러니 사랑으로 모인 곳이다

여러 형식의 사랑

성장과 관계와 질서 속의 하나

그래서 집은 사랑을 배우는 둥지

사랑이란 무엇인가

사랑에 담긴 많은 관념들 그리고

스스로를 사랑할 수 있는 존재

타인을 사랑할 수 있는 존재로 성장한다는

의미일 것이다

이렇게 둥지를 채우게 될 때

가정교육의 의미와 질서는

사회전망으로 이어진다

옛 선인들이 생각한 '집'의 어원은

이렇게 사랑의 의미와 사랑을 짓는다에서 비롯된 것으
로 본다

모두가 성장의 시간이다

사회적 기여의 전문성

공정한 시간 소유에 따른 의식구조의 성장

실존의 가치는 전문성를 강화한다

부분의 시간… 전문성의 성격에서 개인의

사회기여적 성격과 보상이… 시간에서 이러한

의미간 유기체적 작용의 논리가 되는 실존의 가치로 강

화된다

모두가 성장의 시간이다

책

채우는 것을 책이라 했다

무엇을 채워야 하는가

왜 그래야 하는가

부분성

보이는 것들, 감각적인 모든 것의 부분성

언어의 부분성과 추상성

고도로 분업화된 사회에서

전문성의 아이러니

부분성과 해석에서

우리는 채워야 할 것과

이유를 찾게 된다

실존

존재란 무엇인가

존재, 이미지와 상상, 개념과 정의에서

과학이 상상의 영역을 줄였고

물질과 관념의 복합이라 본다면

큰 의미, 가치, 미를 본질로 삼아야 하고

이는 실존의 의미와도 이어진다

존재는 해석의 본성을 갖는다

그 해석에서 의미, 가치, 미의 본질은

실존을 낳는다

해석은 대립의 속성을 가지고

해석의 조건과 용기를 요구한다

전통

소리없이 흐르는

거대한 강물은

인류의 자취

그 속에 담긴 치열했던 시간의 강

위대한 긍정과 불완전함은

우주의 섭리가 준 사랑

향가의 향기 2

옛 시기 우리말 노래
우리 글이 없었던 때
시적형식으로 표현한 우리말
드러나는 형태와 다른 문장 속에
우리말이 숨어있다
철학적 관념과 언어적 거리두기는
시적상상력을 불러오고
숨은 우리말을 찾아가는 상상은
향기롭다

역설적 행로

얼이 자리하는 얼굴

그 사회의 성격과 미를 읽는다

전통의 관념과 가치

자유와 평등의 가치

현실과 실존의 가치

이러한 가치들의 함수관계

외모의 기록을 생각해 본다

역설적으로 시간의 의미에 다가가는 행로

정의

정의란 무엇인가

선이 따르는 의(義)

의(義)란 무엇인가

거짓되지 않으려는 태도에서 비롯한다

용기가 따르고 강함이다

세계관 가치 윤리 존재에 대한 질문이다

선의 윤리와 공정성의 잣대를 중심으로

개념화할 수 있을 것이다

공정함이란 무엇인가

공정성의 철학적 사고와 논리

그러한 논리에서 비롯되는 공정성의 잣대

의식구조와 전망으로 작용하는 공정함은

선의 윤리와 실존의 조건 그리고 전문성이

작용하는 쉽지 않은 과제다

순진한 권위

흐린 하늘은 옅게 채색되어 있고

바다는 소박하게 물들어

밀려오는 하얀 포말을 안은 바다는

모래 위 하얀종이 위로

끝없이 다가서려 하지만

거대한 자연의 섭리는

존재의 불완전함과 시간의 그리움을

하얀종이 위에 새겨 놓는다

파도소리

쏴아아 쏴아아

고요한 깊은 밤의 리듬

반복이 만드는 사색의 선율

사고의 고요함이 남아 전하는

선명한 맑은 열정의 설레임

밤의 노래로 찾아와

선의 맑은 해학을 노래한다

인간 존재에 대한 인식과 태도

그리고 윤리와 미로 자리한 선

나의 길이 선다

나이

나의 존재에 대한

옛 선인들의 관념이 있다

옛 선인들이 생각했던

나이란 무엇인가

변화하는 실존의 존재

나의 존재를

나이라 하였다

나이는 이렇게 비롯하였다

선의 맑은 격조

우주의 섭리가 준 사랑

위대한 긍정과 불완전함이란

현실과 실존의 가치에서 대립이

성장의 동력이 되는 선의 맑은 격조

예가 되고 미가 되어

정체성과 마주한다

존재의 위대한 긍정과 불완전함을 바라보았던 관념

위대한 긍정과 존재의 불완전함이 만든

관계의 철학

선에서 오는 맑은 선명함을 키운

강한 꽃은 고운 빛의 역설을 드리운다

추석

무더운 여름을 지났다

가을을 만나 새롭게 감도는

신선함에서 오는 명랑함은

사색으로 반갑게 이끌고

밤하늘의 선명한 달빛은

들뜬 시간의 결실을 웃음짓게 한다

시간이 무르익어 간다

가을밤 선명한 달빛

락(樂)의 노래

고요히 그 의미를 묻는다

'ㄹ'의 발견

늘 곁에 있는 우리말

초성 중성 종성이 이루는 글과 말

가장 작은 단위 자음과 모음에서 찾는 의미

'ㄹ'의 발견

종성 받침 'ㄹ'을 통해 흐름 움직임의 의미를 덧붙였다

소리와 의미를 관계지었다

종성 받침의 의미에서 만나는 옛 선인들의

지적 섬세함

종성 받침의 소리와 상형의 의미를

의미에 담았다

달의 시간

저녁(夕) 깊어(多) 다다른 밤하늘

빛이 흐른다

아으 동동다리

시간과 삶 아름다움이 흐른다

밤하늘의 달은 이렇게 비롯한 것으로 본다

'ㄹ'의 발견은 이렇게 우리말 초성 중성 종성의 소리와

상형이 이루는 의미를

돌아보는 발견이 되어

한글의 섬세함과 사랑 선의 격조를 낳은

아름다움을 만난다

어원의 조건은 옛 선인들에 다가가

그 의미가 가지는 표정은 지적이고 부드러워

가슴 떨리는 경험으로 다가온다

시간을 품은 달빛추상

지나 온 열두달이 멈추어 선 섣달

앞으로 흐를 열두달이 설 경계

총총히 빛나는 별빛마저 차갑고 투명한

밤하늘은 한없는 태고의 순수성를 안고

깊어가는 이곳의 겨울을 품는다

시간을 품은 달빛추상

나의 길이 선다

아으 동동다리

밤하늘의 크고 아름다운 빛이 흐른다

동해를 품은 이곳 겨울 밤하늘의

깊어가는 빛은 화려하기까지 하다

실감하지 못한다

삶은 누구나 풍요로울 수 있다

그런데 그것을 실감하지 못한다

선이란 무엇인가

가치란 무엇인가

부란 무엇인가

우리는 이러한 질문이 갖는 의미와 중요성을

실감하지 못한다

현실가치의 의미와 중요성을 실감하듯

실존의 가치와 의미의 중요성을

실감하게 될 때

삶은 누구나 풍요로울 수 있다

현실과 실존의 조화는

우리 모두에게 도전적 과제로 남는다

시월의 어느 날

추수를 앞둔

시월의 어느 날 정수장 삼정골

어느 농가의 결실의 빛깔은

나그네의 발걸음을 돌려 세우고

풀 메는 아낙네의 구부러진 허리는

지나 온 시간을 포근하게 감싸며

깊어가는 빛깔 속에 하나가 된다

고람태

시간의 포말이 하얗게

하얗게 철썩거린다

하얀 포말을 따라

설레임은 시간을 거슬러 오르고

먼 수평선을 그리며

달려오는 동해의 역동성은

벅찬 가슴으로 시간의 설레임을

동해 어느 마을 갯바위 위에 새겨 놓는다

나라의 깃발

시간 속의 사방국토는

음과 양이 만나

정반합의 조화를 이루며

만물이 생장하고

자연철학과 선과 사랑의 원리는

우주적 사고와 관념의

그 끝을 묻는다

민요 2

소리가 나를 한국인이라 한다

소리를 타고 흐르는 시간의 파노라마

나를 바라본다

소리는 우리를 닮아 서로를 바라본다

소리는 흥을 춤추게 하고

아늑하게 온 몸을 감싼다

동지를 앞두고

깊어 간 겨울이 다다랐다
지나 온 열두달의 경계에 다다랐다
오랜만에 이곳에 눈이 내렸다
지나 온 시간들을 하얗게 채색해 놓는다
눈 내린 이곳의 풍경은 조용히 소박하다

선과 사랑

사랑은 선에서 비롯한다

거짓되지 않으려는 태도

선에 용기가 따르고

선과 용기는

주체성으로 이어져

지혜와 만나

지혜를 만난 선은

스스로를 사랑할 수 있는 존재를 발견하고

사랑의 의미를 찾는다

우리의 일상 속

담겨 있는 크고 작은 관념들

그것을 통합하는

선과 사랑을 발견한다

관념간 통합되고 통일된 시각은

더 큰 가치를 지향하게 하고

불필요한 오해와 갈등을 지양하여

화해와 더 높은 위계의

아름다움으로 만난다

어린 시절 고향

오랜만에 찾아 온 고향마을의 저녁공기는

가족의 품처럼 편안하고 아늑해

꿈에 본 듯 비슷한 사람들

비슷한 말투 표정들

익숙한 모든 것들

마음은 어린 시절로 달려가고

아버지 어머니 누나가 있던 그곳

고향마을이 세상이었던 때

거리에 아이들로 가득 찼던 때

철없던 아이의 마음은

늘 꽃을 피웠다

고향마을이 세상이었던 때

먼 길을 돌아

지금 나는 어디에 서 있나
우리는 어디로 가야 하는가
지나 온 만년의 시간
그리고 앞으로 또 만년의 시간…
오늘 저녁에는 어머니에게 전화를
드려야겠다

별의 노래4

ⓒ 김정훈, 2025

초판 1쇄 발행 2025년 3월 16일

지은이　　김정훈
펴낸이　　이기봉
편집　　　좋은땅 편집팀
펴낸곳　　도서출판 좋은땅
주소　　　서울특별시 마포구 양화로12길 26 지월드빌딩 (서교동 395-7)
전화　　　02)374-8616~7
팩스　　　02)374-8614
이메일　　gworldbook@naver.com
홈페이지　www.g-world.co.kr

ISBN　979-11-388-4061-3 (03810)

- 가격은 뒤표지에 있습니다.
- 이 책은 저작권법에 의하여 보호를 받는 저작물이므로 무단 전재와 복제를 금합니다.
- 파본은 구입하신 서점에서 교환해 드립니다.